AF410881

LE PRINCE

DE

NOISI,

BALLET-HÉROÏQUE,

REPRÉSENTÉ, POUR LA PREMIERE FOIS,

DEVANT LE ROI,

Sur le Théâtre des petits-Appartements à Versailles,
Le 13 Mars 1749.

Remis sur le même Théâtre, en présence de SA MAJESTÉ,
Le 10 Mars 1750.

Repris, pour la troisieme fois, sur le Théâtre de Bellevue,
aussi en présence du ROI, le 17 Mai 1752.

ET REPRÉSENTÉ, POUR LA PREMIERE FOIS,

PAR L'ACADÉMIE-ROYALE DE MUSIQUE,
Le Mardi 16 Septembre 1760.

Quei che l'uom vede, amor gli fa invisibile,
Et l'invisibil fa veder l'amore. Ariost. 1. Cant.

PRIX XXX. SOLS.

AUX DÉPENS DE L'ACADÉMIE.

A PARIS, Chés DE LORMEL, Imprimeur de ladite Académie, rue du
Foin, à l'Image Sainte Geneviéve.

On trouvera des Livres de Paroles à la Salle de l'Opera.

M. DCC. LX.

AVEC APPROBATION ET PRIVILEGE DU ROI.

Les Paroles *font* de feu Monfieur DE LA BRUERE.

La Mufique de Meffieurs REBEL & FRANCŒUR,
Surintendants de la Mufique du ROI, *Directeurs de*
L'ACADÉMIE-ROYALE DE MUSIQUE.

ACTEURS CHANTANTS
DANS LES CHŒURS.

Côte' du Roi.		Côte' de la Reine.	
Mesdemoiselles.	*Messieurs.*	*Mesdemoiselles.*	*Messieurs.*
Letourneur.	Lefevre.	D'alliere.	S. Martin.
	Le Page.		Albert.
La Croix.	Durand.	Maſſont.	Jaubert.
Durand.	Jolivet.	Salaville.	Tourcaty.
Fontenet.	Scelle.	Lachantrie.	Delvaux.
Delor.	Roſe.		Chappotin.
	Robin.	Edmée.	Favier.
Roublot.	Antheaume.	L'étienne.	Feret.
Héry.	Parant.	Leger.	Du Perrier.
			Boy.

A ij

ACTEURS.

LE DRUIDE, *Enchanteur,* *pere d'Alie.* — M^r. Larrivée.

CHŒUR DE GNOMES.

ALIE, *fille du Druide.* — Mlle. Arnoud.

LE PRINCE DE NOISI, *connu sous le nom de* POINÇON, *amant d'Alie.* — Mlle. Lemiere.

UN DRUIDE, *Grand - Prêtre & Ordonnateur des Jeux.* — M^r. Muguet.

SUITE *du Grand-Prêtre,* DRUIDES *&* PEUPLES *des Gaules.*

UN SUIVANT *du Druide.* — M^r. Le Petit.

MOULINEAU, *Géant & Magicien, amoureux d'Alie.* — M^r. Gélin.

UN SUIVANT *de Moulineau.* — M^r. Defentis.

L'ORACLE *de la* VÉRITÉ. — M^r. Muguet.

SUITE *du Druide, travestie.*

DÉMONS, GÉNIES ET FÉES.

PERSONNAGES DANSANTS.

ACTE PREMIER.

PREMIER DIVERTISSEMENT.
GNOMES.

M^r. LAVAL.

M^{rs}. Lelievre , Hyacinte , Trupty , Levoir, Hamoche, Leger, Rogier, l., Rogier, c.

DEUXIEME DIVERTISSEMENT.
PEUPLES.

Melle, LYONNOIS.   M^r. GARDEL.

M^{elles}. Bocard , c. , Baffe , Chefdeville.

M^{rs}. Béate, Groffet , Cezeron, Leger, Gougy , Valentin.

M^{elles}. Lacour, Térelingre , Bocard , l. , Saron , Julie, Agouffy.

ACTE DEUXIEME.

SUIVANTS DU DRUIDE, travestis.

Mr. LANY.   Melle. LANY.

Mr. GARDEL,   Melle. SUAVI.

Mrs. Lelievre, Hyacinte, Trupty, Groffet,
Leger, Gougy.

Melles. Chaumard, Demiré, Lacour, Baffe,
Bocard, l., Julie.

ACTE TROISIEME.

GÉNIES ET FÉES.

Mr. VESTRIS.   Melle. VESTRIS.

Melle. LYONNOIS.

Mrs. LAVAL.   GARDEL.

Mrs. Hamoche, Groffet, Cezeron, Leger, Gougy,
Valentin, Rogier, l., Rogier, c.

Melles. Chaumard, Demiré, Lacour, Chefdeville,
Siane, d'Ornet, S. Félix, de Ferriere.

LE PRINCE DE NOISI,
BALLET-HEROÏQUE.

ACTE PREMIER.

Le Théâtre repréſente l'endroit le plus épais d'une Forêt, orné de Monuments antiques, entre leſquels eſt une Statue repréſentant ÉSUS, Divinité principale des anciens Gaulois, élevée ſur un pié leſtal ruſtique: on voit le Chêne-ſacré, où l'on doit couper le Gui ; au pié eſt un autel de gâſon.

SCENE PREMIERE.
LE DRUIDE, LE GRAND-PRÊTRE.
LE DRUIDE.

ORDONNÉS de ce jour la pompe ſolemnelle :
A regret je quitte nos jeux ;

Mais le Géant perfide aux combats me rappelle.
Ma fille le charmoit ; j'ai rejetté ſes vœux ;
Il a cru me ſurprendre aux autels de nos Dieux ;
Et je vais prévenir ſa rage criminelle.

LE GRAND-PRÉTRE.

En vain, contre des jours ſi chers,
D'un barbare ennemi l'effort ſe renouvelle.
L'Enfer arme ſa main cruëlle,
Et votre art ſoûmet les Enfers.

LE DRUIDE.

Tout ſemble m'annoncer un funeſte revers.
Mais ce n'eſt pas pour moi que mon âme attendrie
Veut implorer votre ſecours.
Seul digne du ſecret que mon cœur vous confie,
C'eſt à vous ſeul que j'ai recours.

LE GRAND-PRÉTRE.

Vous pouvés diſpôſer de mon bras, de ma vie.
LE DRUIDE.

Vous aimés cet enfant qui, nourri dans ces lieux,
Sous le nom de Poinçon, ignore ſa naiſſance.
Fils du ſage Merlin, dépôt miſtérieux,
Cet enfant doit, un jour, combler notre eſpérance.
Mais, juſqu'au tems marqué par les decrèts des Dieux,

Mille périls affiégent fon enfance.
Le Ciel, en fa faveur, n'armera fa puiffance
Qu'au moment-même où fon bras généreux,
Par les coups les plus glorïeux,
Méritera fon affiftance.
S'il perdoit mon appui, veillés à fa défenfe ;
Veillés fur fes jours précïeux.

LE GRAND-PRÉTRE.

Mon zéle vous répond de mon obéiffance.

LE DRUIDE.

Loin de ces lieux je vais porter
L'horreur, & le bruit de la guerre.
Laiffés-moi demander aux efprits de la Terre
Quel piége je dois éviter.

SCENE II.

LE DRUIDE, *feul.*

E Sprits, qui commandés aux ombres,
Et qui tremblés fous mes loix,
Sortés de vos antres fombres,
Venés, accourés à ma voix.

B

SCENE III.

LE DRUIDE, GNOMES.

(Les Gnomes sortent du sein de la terre , à la voix du Druide.)

CHŒUR DE GNOMES.

SOrtons, accourons à sa voix.

On danse.

LE DRUIDE.

L'avenir , dont mon art fait percer les tenebres,
Ne m'annonce en ce jour que des objèts funebres.
Le Ciel seroit-il le soûtien
Du perfide ennemi , qui me livre la guerre?
Ce monstre , le mépris & l'horreur de la terre,
Verroit-il son destin l'emporter sur le mien!

CHŒUR DE GNOMES.

D'un Oracle irrévocable
Observe les decrèts ;
Crains un danger redoutable,
Si tu méprises ses arrèts.

LE DRUIDE.

J'ai fuivi vos confeils ; j'ai fait, dès fon enfance,
Conduire dans ces lieux le Prince de Noifi :
Dans ce Marbre enfermé, loin de notre ennemi,
Il y garde ce Fer, commis à ma prudence.
Je lui cache avec foin que mon cœur l'a choifi
    Pour lui donner ma fille, & ma puiffance.

LE CHŒUR.

    Contre l'Amour & fes traits
    Défends leur foible jeuneffe ;
    S'ils connoîffent fes fecrèts.
    A l'inftant ton pouvoir cèffe.

    (*Les Gnomes fe retirent.*)

SCENE IV.

LE DRUIDE, *feul.*

L E Deftin a prefcrit qu'une heure, chaque jour,
    Ils puiffent fe voir & s'entendre.
Par leur fimplicité je cherche à les défendre :
    Hélas ! c'eft un foible détour :
    Un regard éclaire un cœur tendre
    Sur tous les fecrèts de l'Amour.

SCENE V.
LE DRUIDE, ALIE.

ALIE.

SEigneur, déja l'heure s'envole ;
Poinçon devroit être en ces lieux.
Quoi ! ne verra-t-il point les jeux ?

LE DRUIDE.

Quel soin ! quelle crainte frivole !
Poinçon va paroître à vos yeux.
Ma fille, occupés-vous du danger qui vous prèsse:
Contre l'Amour gardés bien votre cœur ;
Songés qu'un éternel malheur
Suivroit un instant de foiblesse.

ALIE.

Je sais combien je dois redouter sa fureur ;
Vous me l'avés trop dit... Mais que Poinçon pa-
roîsse.

(*Le Druide touche avec sa baguette le piédestal de la
Statue d'Ésus : Poinçon en sort ; il vole vers Alie,
qui va au-devant de lui avec le même empressement.*)

LE DRUIDE.

Pendant les jeux-facrés
L'Enchanteur cherche à me furprendre :
Préfidés tous les deux à ces jeux révérés,
Tandis que je vais vous défendre.

(Il fort.)

SCÉNE VI.

POINÇON, ALIE.

POINÇON.

MOn cœur peut donc s'ouvrir au plaifir le plus
doux !
Je foûpirois déja de ne point voir Alie.
Ah ! je voudrois retrancher de ma vie
Tous les moments que je pâſſe fans vous.
Vous ne partagés point ma vive impatïence ;
Le doux plaifir regne en ces lieux charmants ;
Il abrege pour vous les heures de l'abfence,
Et j'en compte tous les moments.

ALIE.

Cette retraite eſt embellie
Par l'effort de l'art enchanteur ;

Mais aucun des plaisirs dont je la vois remplie,
Aucun n'a ce charme flateur
Que vous portés dans mon âme ravie.
Au sein de ces plaisirs, vous manqués à mon cœur;
Quand je vous vois, je les oublie.

P O I N Ç O N.

Que cet aveu m'est doux ! que mon sort est heureux!

A L I E.

Notre bonheur dépend de notre obéissance:
Si le fatal Amour dispôsoit de nos vœux,
Nous sommes menacés des maux les plus affreux.

P O I N Ç O N.

Aidons-nous, l'un & l'autre, à braver sa puissance.

A L I E.

Quoi ! les piéges qu'il tend sont-ils si dangereux?

P O I N Ç O N.

On dit que sous son esclavage,
Par l'espoir le plus doux, il fait nous atrirer;
Mais quel bien peut desirer
Un cœur, que remplit votre image?
A peine le mien tout entier
Suffit à l'amitié, dont le nœud nous engage:

Loin de chercher aucun partage ,
Il voudroit se multiplier
Pour vous aimer davantage.

A L I E.

Vous peignés tous mes sentiments.
Les grandeurs, les trésors, les plaisirs, les délices,
Je les donnerois tous pour un de nos moments ;
Et je ne croirois pas faire de sacrifices.

E N S E M B L E.

Porte ailleurs tes enchantements ;
Fuis, Amour, tiran redoutable !

A L I E.

Vous plaire, vous aimer est le bien véritable.

E N S E M B L E.

Porte ailleurs tes enchantements ;
Fuis, Amour, tiran redoutable !

P O I N Ç O N.

Je trouve dans vos yeux charmants
Un trésor inépuisable
De plaisirs, de ravissements.

E N S E M B L E.

Fuis, Amour, tiran redoutable ;
Porte ailleurs tes enchantements !

SCENE VII.

POINÇON, ALIE, LE GRAND-PRÊTRE
Ordonnateur des Jeux ; DRUIDES & PEUPLES,
qui viennent célébrer la fête du Gui-sacré.

LE GRAND-PRÉTRE.

O Vous, Divinité puissante,
Que nous cache l'horreur de ces bois ténébreux,
Recevés l'encens & les vœux
Qu'un Peuple soûmis vous présente :
Ecartés les dangers qui menacent ces lieux.

LE CŒUR.

O Vous, Divinité puissante, &c.

POINÇON.

De nos chants harmonïeux,
Que ce bocage retentisse ;
Que tout l'univers applaudisse
A la gloire de nos Dieux.

LE CŒUR.

De nos chants harmonïeux,
Que ce bocage retentisse, &c.

On danse.
LE

LE GRAND-PRÉTRE.

L'heure approche, il eſt tems; venés Miniſtres ſaints,
Du Fer-ſacré venés armer mes mains.

(*Sur une Simphonie miſtérieuſe, on apporte la Fau-*
cille d'or, l'Urne dans laquelle on doit brûler l'en-
cens, & les Vâſes ſervant au Sacrifice.)

LE GRAND-PRÉTRE.

Prophanes, détournés vos regards téméraires :
   Peuple fidele, ſuivés-moi
   Aux autels des Dieux de nos peres.
   Frémiſſons tous d'un ſaint effroi,
En célébrant ces auguſtes miſtères.

LE CHŒUR.

Frémiſſons tous, &c.

LE GRAND-PRÉTRE.

Rameau divin, gage miſtérieux,
   Quittés votre tige adorée.
Brûlés, encens, brûlés dans cette urne ſacrée ;
   Montés juſqu'au trône des Dieux.

(*Le Grand-Prêtre coupe le Gui-ſacré ; les Druides vont*
l'adorer : enſuite les Peuples célebrent la fête
par des danſes.)

C

A L I E, *alternativement avec le Chœur de Femmes.*

Les Ris & les Jeux
Regnent dans ces lieux :
Sans chaînes,
Sans peines,
Tout flate nos vœux.
D'un dieu dangereux
Évitons les feux :
L'Amour, de nos jours
Troubleroit le cours :
Les craintes,
Les plaintes,
Le fuivent toûjours.

On danfe.

L E   C H Œ U R.

Banniffons de ce bocage
L'Amour, ce tiran des cœurs.

L E   G R A N D-P R É T R E.

S'il a d'abord quelques douceurs,
Bientôt il fait fentir fa rage.

L E   C H Œ U R.

Banniffons de ce bocage
L'Amour, ce tiran des cœurs.

LE GRAND-PRÉTRE.

C'eſt un ſoleil brûlant, qui conſume & ravage
Les champs, où ſon aurore a fait naître des fleurs.

LE CHŒUR.

Banniſſons de ce bocage
L'Amour, ce tiran des cœurs.

POINÇON, au GRAND-PRESTRE.

Daignés m'apprendre à le connoître,
Pour m'aider à l'éviter mieux.

LE GRAND-PRÉTRE.

Jaloux de ſon pouvoir, tiran impérïeux,
   Seul il veut être notre maître.
Vous écoutés nos chants, vous chériſſés nos jeux ;
Un amant n'y verroit que la beauté qu'il aime ;
Près d'elle l'univers diſparoît à ſes yeux.
   Un cœur, vraîment amoureux,
   Devient étranger à lui-même,
Pour être, tout entier, à l'objet de ſes vœux.

POINÇON, courant vers ALIE.

Dieux ! quel trait de lumiere a pâſſé dans mon âme !
C'étoit l'amour, Alie !..

ALIE, avec effroi.

      Ah ! je lis dans mon cœur...

Quoi ! le fatal Amour...

P O I N Ç O N.

Ne craignés point sa flâme:
Un sentiment si doux peut-il être une erreur !

(On entend le bruit du Tonnerre ; le Ciel s'obscurcit ; la Terre tremble ; tous les Monuments se brîsent. On voit dans l'intérieur du piédestal , qui renfermoit Poinçon , le Glaive, qui est suspendu , & qui jette une vive lumiere , au milieu de l'obscurité.)

SCENE VIII.

LES ACTEURS *de la Scêne précédente,*
UN SUIVANT DU DRUIDE.

LE SUIVANT DU DRUIDE.

LE Ciel contre nous se déclare,
Le Druïde est vaincu ; son ennemi barbare
　A mes yeux l'a chargé de fers.

POINÇON.

Hélas ! mon imprudence a causé ce revers.
Ce Glaive précieux du moins nous reste encore...

　　(*Il prend le Glaive magique.*)

Glaive, cher & sacré, daignés armer mon bras.

ALIE.

Contre un tiran cruël que pourriés-vous, hélas !
Tout l'enfer le seconde.

POINÇON.

　　　　　　Et moi je vous adore.
　L'Amour, qui vient de m'égarer,
　L'Amour m'encourage, & m'éclaire ;
　　C'est lui qui va réparer
　　La faute qu'il m'a fait faire.

LE GRAND-PRÉTRE.

J'approuve ces nobles tranſports.
Mais il faut du tiran tromper la vigilance.
Si le ſort nous trahit, vous ſaurés quels reſſorts
Peuvent encor ſervir votre vaillance.
Le Ciel veille ſur vous ; courés à la vengeance.

POINÇON & LE CHŒUR.

Courons, courons à la vengeance.

FIN DU PREMIER ACTE.

ACTE SECOND.

Le Théâtre repréfente les Jardins de Moùlineau.

SCENE PREMIERE.

MOULINEAU, *feul.*

IL gémit dans les fers, ce Druïde orgueilleux,
 Qui m'ôfa refufer Alie !
La main qu'il dédaigna, l'accâble & l'humilie.

Faut-il que mon pouvoir, limité par les Dieux,
 Me force à refpecter fa vie !

Que fes tourments, du-moins, confolent ma fureur !
Puiffe-t-il, chaque inftant, s'irriter de fes chaînes !
Infultons à fes maux, redoublons-en l'horreur :
 Pour mettre le comble à fes peines,
 Qu'il foit témoin de mon bonheur !

 Démons, qui fervés ma puiffance,
Hâtés vous ; conduifés Alie en ce féjour :

Que le trïomphe de l'amour
Suive celui de la vengeance.

(*Les Démons s'envolent.*)

SCENE II.

MOULINEAU, UN SUIVANT

DE MOULINEAU.

LE SUIVANT.

DE nouveaux ennemis, dévoüés à la mort,
D'une attaque imprévue ont hafardé l'effort :
Ils font punis : l'enfer vous venge, & les accâble.

MOULINEAU.

Quel eft leur chef?

LE SUIVANT.

Un foible enfant.

MOULINEAU.

Que dites-vous?

LE SUIVANT.

Armé d'un glaive étincelant,
Je l'ai vu défïer le Dragon formidable
Qui vomit le feu dévorant.
Le monftre, atteint par le fer redoutable,

Dans

Dans la poudre & la flâme est tombé, tout sanglant.
Mais de votre art déployant les prodiges,
J'ai porté des coups plus certains.
Il céde à ces nouveaux prestiges :
On le poursuit ; bientôt on le livre en vos mains.

E N S E M B L E.

Goûtons }
Goûtés } la douceur extrême

De porter la terreur & la mort en tous lieux !

Disputons }
Disputés } aux Dieux

La gloire suprême
De punir les audacieux !

M O U L I N E A U.

Que j'aurai de plaisir à l'immoler moi-même !

(*On entend une Simphonie gaie.*)

D

SCENE III.

MOULINEAU, POINÇON, *conduisant les* SUIVANTS *du Druide, travestis, & qui arrivent en dansant.*

MOULINEAU.

Quels sons ! quels doux concerts !
Quel spectacle nouveau !

POINÇON, à MOULINEAU.

Ces jeux vous sont offerts.

Le plaisir nous inspire,
Nous suivons son empire :
Nous inspirons sa vivacité
A tout ce qui respire.
Non, non, sans sa legereté,
Non, non, sans son délire
Il n'est point de félicité.

LE CHŒUR.

D'HOMMES.	DE FEMMES.
Du Plaisir nous suivons l'empire :	Le Plaisir nous inspire,
Nous inspirons sa vivacité.	Nous suivons son empire :
	Nous inspirons sa vivacité
Non, non, sans lui, sans la Gaîté,	A tout ce qui respire.
Non, non, sans leur charmant délire	Non, non, sans sa legereté ;
	Non, non, sans son délire
Il n'est point de félicité.	Il n'est point de félicité.

P O I N Ç O N.

Amour, Dieu de nos âmes,
Les attraits de tes vives flâmes
Pour nous sont toûjours renaîssants.
Viens, viens, remplis seul nos instants ;
Viens, viens ; & dans nos chants
Reçois, Amour, nos vœux & notre encens.

L E   C H Œ U R.

D'HOMMES.	DE FEMMES.
Du Plaisir nous suivons l'empire :	Le plaisir nous inspire ;
Nous inspirons sa vivacité.	Nous suivons son empire :
	Nous inspirons sa vivacité
Non, non, sans lui, sans la Gaîté,	A tout ce qui respire.
Non, non, sans leur charmant délire	Non, non, sans sa legereté,
	Non, non, sans son délire
Il n'est point de félicité.	Il n'est point de félicité.

P O I N Ç O N.

Au printems de notre âge,
Si le tendre Amour nous engage,
Bientôt à nos desirs
Il fait succéder les plaisirs.
Et jusqu'à nos soûpirs,
Tout est pour nous l'heureux présage
Des biens qui sont notre partage.

D ij

LE CHŒUR.

D'HOMMES.   DE FEMMES.

Du Plaifir nous fuivons l'empire :   Le Plaifir nous infpire,

&c.   &c.

MOULINEAU, à *POINÇON.*

Quel eft ton fort ?

POINÇON.

Tout céde à mes charmes puiffants;
Je diffipe, à mon gré, la triftefle fauvage;
L'Amour vole à mes accents,
Et le plaifir eft mon ouvrage.

MOULINEAU.

Pourfuivés vos jeux, j'y confens.

On danfe.

POINÇON, *alternativement avec le Chœur de Femmes.*

Dans cet afile enchanté,
Suivés l'Amour, qui vous attire.

POINÇON.

On eft heureux par un fourire
De la beauté.

LE CHŒUR.

Dans nos leçons, le cœur refpire
La volupté.

POINÇON, avec le Chœur.

Dans cet afile enchanté,
Suivés l'Amour, qui vous attire,

Sur ces gâfons le doux Zéphire,
Plein de fes feux, par Flore eft arrêté.
Dans cet afile enchanté,
Suivés l'Amour, qui vous attire.

On danfe.

POINÇON.

A nos concerts l'Amour préfide ;
Peut-on trop vanter fes attraits ?
Du vrai bonheur feul il décide ;
A l'envi prévenons fes traits.
Si quelques maux fuivent fes chaînes,
Doit-on craindre un doux lïen ?
Un jour finit les peines :
Le pâffé n'eft rien.

On danfe.

MOULINEAU.

C'eft affés ; vous avés fignalé votre zele.
J'en éxige, en ce jour, une preuve nouvelle.
J'aime ; & de la beauté dont mon cœur eft épris
Bientôt je me verrai le maître.

P O I N Ç O N.

Que dites-vous ?

M O U L I N E A U.

Alie à tes yeux va paroître ;
De ma victoire elle sera le prix.

P O I N Ç O N, à part.

Je préviendrai ce moment redoutable !

M O U L I N E A U.

Mais je redoute ses mépris :
Ton art peut me prêter un secours favorable.

P O I N Ç O N.

Pour plaire, l'art ne peut prêter
Qu'une foible imposture ;
C'est le secret de la nature,
Qu'en vain il voudroit imiter.

D'une ardeur sincere
Laissés-vous enflâmer :
S'il est un art pour plaire,
C'est de bien aimer.

M O U L I N E A U.

Pour elle envain l'Amour m'engage ;
Son pere, avec orgueil, a rejetté ma foi :

Que mon bonheur foit ton ouvrage.
Et moi, je punîrai le rival qui m'outrage.

P O I N Ç O N.

Vous avés un rival ?

M O U L I N E A U.

Rien n'eft caché pour moi :

Je poffede en ces lieux un Oracle infaillible ;
Il m'a dit qu'Alie eft fenfible.

P O I N Ç O N.

A-t-il nommé l'objet de fon ardeur ?

M O U L I N E A U.

Un Prince de Noifi...

P O I N Ç O N.

Vous croyés que fon cœur...

M O U L I N E A U.

La preuve en eft certaine ;
Jamais mon art ne m'a trahi.

Je vais de mon ennemi
Appefantir encor la chaîne.

Attends ici mon retour :
Et pendant que ce foin m'appelle,

Prépare une fête nouvelle
Pour l'objet de mon amour.

(Il ſort.)

SCENE IV.

POINÇON, ET SA SUITE.

POINÇON.

ALie en aime un autre ! Alie étoit parjure !
Quel trait empoiſonné vient de frapper mon cœur !
Mais ſi c'étoit une impoſture ?...
Que dis-je ? hélas ! & quelle eſt mon erreur !
Qui peut à me tromper engager l'Enchanteur ?

Toi, qui ſemblois ſi bien m'entendre,
Tu répondois à d'autres vœux !
L'amour, qui brilloit dans tes yeux,
Cet amour, que j'ai cru ſi tendre,
N'avoit donc pour objet que mon rival heureux !

Je ſuccombe, je céde à mes maux rigoureux.

LE CHŒUR.

Trahirés-vous notre eſpérance ?

POINÇON.

La mort eſt tout ce que je veux.

LE

LE CHŒUR.

L'amour eſt outragé ; vivés pour la vengeance.
Le Druïde enchaîné...

POINÇON.

Quel reproche !

LE CHŒUR.

Armés - vous !

POINÇON.

Il languit dans les fers !... & par mon imprudence !
Périſſe l'Enchanteur ! qu'il tombe ſous mes coups !.,

LE CHŒUR.

Périſſe l'Enchanteur ! qu'il tombe ſous vos coups !

POINÇON.

Mais un charme infernal aſſûre ſa défenſe ;
Ce charme le dérobe à mes tranſports jaloux :
  Pour en détruire la puiſſance,
Employons les moyens preſcrits à mon couroux.

Au milieu de nos chants, préparés vos guirlandes,
Dépôſés à ſes piés nos magiques offrandes ;
  Obéiſſons ; & comptons ſur les Dieux.

Il faut chanter l'Amour, ſes plaiſirs & ſa flâme,
Lorſque le dèſeſpoir trouble & remplit mon âme !

Le tiran reparoît ; recommencés vos jeux.

E

(*Les jeux recommencent.*)

POINÇON, alternativement avec le Chœur,
offrant à MOULINEAU une couronne de fleurs.

Laiſſés - vous couronner
De ces fleurs, qui parent nos têtes :
L'Amour va vous enchaîner,
Tout puiſſant que vous êtes ;
Mais les fers qu'il veut vous donner
Valent toutes vos conquêtes.

(*On enchaîne, en danſant, MOULINEAU avec les*
guirlandes enchantées.)

MOULINEAU.

Interrompés vos chants : Morphée, & ſes pavôts
Me font reſſentir leur puiſſance.
Attendés, en ſilence,
Mes ordres pour des jeux nouveaux.

(*MOULINEAU s'endort.*)

LE CHŒUR, regardant MOULINEAU,
& le montrant à POINÇON.

Le charme eſt détruit ; frappe, immole ta victime!

POINÇON, au CHŒUR.

Quoi ? pendant ſon ſommeil , je trancherois ſes
jours !
Ah ! j'ai honte d'un tel ſecours ;
Ma victoire ſeroit un crime.

(*à Moulineau.*)

Éveille-toi, barbare!

    (*Moulineau sort de son assoûpissement.*)

LE CHŒUR, à POINÇON.

    O Ciel! que faites-vous.

POINÇON, au CHŒUR.

Ce que l'honneur ordonne à mon couroux.

(*à Moulineau, & en tirant de dessous sa robe le*

Glaive-sacré.)

Connois en moi l'amant d'Alie.

MOULINEAU, *avançant sur lui, la Massue levée.*

Meurs!... Quel Glaive étincelant!

    (*Il recule.*)

POINÇON, *le poursuivant.*

Je sers les Dieux, l'amour, en t'immolant.

    (*Ils disparoîssent.*)

LE CHŒUR, à POINÇON.

Arrête!... Il va périr!... Ciel, prends soin de sa vie!

(*Un coup de tonnerre annonce la protection que le Ciel*

accorde à POINÇON.)

POINÇON, *à sa Suite, en rentrant sur le Théâtre.*

De ce monstre cruël j'ai purgé l'Univers:

Partés; & du Druïde allés briser les fers.

    (*La Suite de* POINÇON *sort.*)

SCENE V.

POINÇON, *seul.*

JE suis vengé d'un ennemi barbare,
Et ne suis pas moins malheureux !
Hélas ! comment calmer le dèlespoir affreux
Qui de mon cœur s'empare ?

Je veux dans ce Palais rester quelques instants,
Interroger cet Oracle moi - même.
Une réponse affreuse est tout ce que j'attends :
Mais, pour condamner ce qu'on aime,
Peut - on vouloir trop de garents ?

Ah ! dans le trouble que je sens,
C'est un bonheur extrême
Que de pouvoir encor douter quelques moments.

FIN DU SECOND ACTE.

ACTE TROISIEME.

*Le Théâtre repréſente un Veſtibule du Palais de Mou-
lineau. On voit au milieu un grand Portique, ſur
lequel eſt écrit : TEMPLE DE VÉRITÉ ; & dans
le fond la Statue - enchantée, qui rend des oracles.*

SCENE PREMIERE.

POINÇON, *ſeul.*

LE voilà cet Oracle affreux !
Il me ſemble déja qu'il prononce, & m'accâble.
Je marche, en frémiſſant, vers ce lieu redoutable ;
　　J'ôſe à - peine lever les yeux.
(En liſant l'inſcription qui eſt ſur le Portique.)
TEMPLE DE VÉRITÉ... La Vérité terrible
　　Habite donc ſur cet autel ?

Toi, qui vas d'un cœur trop fenfible
Combler le dèfefpoir mortel,
Adoucis ta lumiere horrible;
Ou permèts-moi, s'il eft poffible,
De détourner mes yeux de ton flambeau cruël.

SCENE II.

POINÇON, ALIE, *fur un nuage*, portée par
des Démons.

Chœur de DÉMONS.

(*On entend une Simphonie.*)

POINÇON.

Quels fons?... O ciel ! Alie en ces lieux va paroître.

LE CHŒUR.

Trïomphés, belle Alie ; & régnés à-jamais.

POINÇON.

Miniftres du tiran, qui ferviés fes forfaits,
Il n'eft plus ; j'ai puni ce traître.
Rentrés dans les Enfers, fuyés ; & dèformais
Allés y partager le fort de votre maître.

(*Les Démons fe précipitent dans les Enfers.*)

SCENE III.
ALIE, POINÇON.
ALIE.

Quoi, c'eſt vous ? mon amant eſt mon libérateur !

Ah , que c'eſt un plaiſir flateur
De tout devoir à ce qu'on aime !
Mon bonheur m'en paroît plus doux ;
Et les biens que je tiens de vous
Ont le charme de l'Amour même.

POINÇON, *à part.*

Elle ôſe feindre encor la plus ſincere ardeur !

(*à* ALIE.)   (*à part.*)

L'ingrate ! .. Alie ! .. O Dieux !

ALIE.

Quel trouble vous dévore ?
D'où naît cette ſombre fureur ?
Quoi ! ne m'aimés - vous plus ?

POINÇON, *avec fureur.*

Hélas ! je vous adore ! ..

Mais, vous, n'eſpérés pas de me tromper encore ;
Je le connois trop bien ce cœur, qui m'a trahi.

A L I E.

Qu'entends-je ?

P O I N Ç O N.

Vous aimés le Prince de Noifi.

A L I E.

Je ne le vis jamais.

P O I N Ç O N.

De ce miftère horrible
Je ne fuis que trop éclairci :
L'Enchanteur me l'a dit ; fon art eft infaillible.

A L I E.

Et vous croyés plûtôt un ennemi jaloux,
Qu'une amante fimple, & fenfible,
Qui ne refpire que pour vous ?
Hélas ! que mon cœur eft plus tendre !
Quand l'univers entier
Contre vous fe feroit entendre,
Un regard fuffiroit pour vous juftifier.

P O I N Ç O N.

Eh bien, fur nos deftins que l'Oracle prononce.
Vous le voyés... je vais l'interroger.

A L I E.

Ah ! par ce doute affreux ceffés de m'outrager.

P O I N Ç O N.

POINÇON.

Eh quoi ! craignés-vous fa réponfe ?

ALIE.

Je voulois que votre amour
Vous répondît de ma flâme :
Mais fi l'Oracle feul peut raffûrer votre âme,
Je vais l'interroger, fans crainte & fans détour.

(*à l'Oracle.*)

Toi, que le Ciel infpire,
Je ne crains point tes arrèts ;
Dévoile de mon cœur tous les replis fecrèts ;
Nomme, nomme l'objet pour qui ce cœur foûpire.

(*Après une Simphonie miftérieufe, l'Oracle prononce :*)

»L'Amant qu'Alie a choisi,
»Est le Prince de Noisi».

(*Les portes du Temple fe ferment.*)

POINÇON, *dèfefpéré.*

O Dieux !

ALIE.

Non, c'eft toi feul que j'aime !
Garde - toi d'écouter un preftige impofteur.

F

Quand le Ciel parleroit lui - même,
Le Ciel feroit démenti par mon cœur.

Tu détournes de moi tes yeux remplis de larmes?
P O I N Ç O N.

Cruëlle ! laiffés - moi vous fuir.
A L I E.

Rougis-tu de t'attendrir
Par l'excès de mes allarmes?
Je ne puis t'émouvoir !... je puis du-moins périr.
Le dèfefpoir me prêtera des armes ;
Bientôt il finîra mes jours :
Et tu verras, Ingrat ! fi je t'aimai toûjours.
P O I N Ç O N.

Arrête ! ... Que dis-tu ?... Ta victoire eft certaine:
Périffe cet Oracle affreux !
De tes douleurs le charme impérïeux,
Malgré moi, m'attire & m'entraîne.
Ah ! fi je fuis trompé, fais que ce charme heureux
Toûjours te fuive & m'environne ;
N'écarte jamais de mes yeux
Le bandeau que l'Amour me donne.
A L I E.

A quels foupçons encor ton âme s'abandonne!

SCENE IV.

LES ACTEURS *de la Scène précédente*,
LE DRUIDE.

LE DRUIDE, *à* POINÇON.

Igne fils de Merlin, reprenés votre nom ;
Je puis enfin vous en inſtruire :
Le Prince de Noiſi reſpire ,
Caché ſous l'habit de Poinçon.

ALIE ET **LE PRINCE** DE **NOISI.**

O Dieux ! par ce ſeul mot que vous calmés de peines !

LE DRUIDE.

L'Himen va vous unir de ſes plus douces chaînes.

LE PRINCE DE **NOISI,** *à* ALIE.

Oui, j'en fais le ſerment ,
Des ſoupçons l'atteinte cruëlle
Ne troublera plus votre amant.

LE PRINCE DE **NOISI** ET **ALIE.**

Oui, j'en fais le ſerment ;

Oui, j'aimerai si tendrement,
Que vous ne pourrés pas devenir infidele.

(*On entend une Simphonie.*)

A L I E.

Quels sons brillants!

L E   P R I N C E   D E   N O I S I.

Quelle clarté nouvelle!

L E   D R U I D E.

C'est ainsi que le Ciel annonce ses présents.
Voyés descendre ici ces Êtres bienfesants,
A qui des Dieux la sagesse profonde
Confia le destin & le bonheur du Monde.

SCENE DERNIERE.

Le Théâtre repréfente un Palais éclatant & environné de nuées ; le fond en eft occupé par les GÉNIES & les FÉES : on voit au milieu d'eux un Trône préparé pour le Prince de NOISI & pour ALIE.

LE DRUIDE, LE PRINCE DE NOISI, ALIE, GÉNIES ET FÉES.

CHŒUR DE GÉNIES ET DE FÉES.

TEndres Amants, le Ciel fe déclare pour vous :
Devenés immortels, & régnés parmi nous.

(Les GÉNIES & les FÉES préfentent, en danfant, un Sceptre très-riche & une Baguette enchantée au PRINCE de NOISI & à ALIE.)

CHŒUR DE GÉNIES ET DE FÉES.

Régnés, & qu'à vos vœux tout l'univers réponde.
    Dans votre amour foyés conftants :
    Le Deftin à ces doux inftants
    Enchaîne le bonheur du Monde.

On danfe.

CHŒUR DE FÉES.

Tout reconnoît votre puiſſance ;
Rempliſſés les decrèts des Dieux.

LE PRINCE DE NOISI.

De nos malheurs l'heureuſe expérïence
Doit nous intéreſſer au ſort des malheureux.

CHŒUR DE FÉES.

De la vertu, de l'innocence
Prévenés & comblés les vœux.

ALIE.

Quels bienfaits le Ciel nous diſpenſe !
Nous obtenons le droit de faire des heureux.

<table>
<tr><td>

LE PRINCE DE NOISI
ET ALIE.

Tout reconnoît notre puiſſance :
Rempliſſons les decrèts des Dieux.

</td><td>

CHŒUR
DE FÉES.

Tout reconnoît votre puiſſance :
Rempliſſés les decrèts des Dieux.

</td></tr>
</table>

(*La fête continue, & termine l'Opera.*)

FIN.

APPROBATION.

J'Ai lu, par ordre de Monſeigneur le Chancelier, LE PRINCE DE NOISI, *Ballet-Heroïque*, dont les repréſentations ont eu le ſuccès le plus flateur & le plus deſiré par les Auteurs. A Paris, ce 7 Juillet 1760.

DE MONCRIF.

www.ingramcontent.com/pod-product-compliance
Lightning Source LLC
LaVergne TN
LVHW011401170726
843501LV00006B/1951